LES ANCIENS CIRQUES

UN SOIR

CHEZ ASTLEY

(25 Avril 1786)

A LONDRES

CHEZ JOHN ADAMSON

M DCCC LXXXVII

UN SOIR
CHEZ ASTLEY

TIRÉ A 30 EXEMPLAIRES

UN SOIR
CHEZ ASTLEY

(25 Avril 1786)

A LONDRES

CHEZ JOHN ADAMSON

M DCCC LXXXVII

UN SOIR CHEZ ASTLEY

(25 avril 1786)

Vous êtes déjà lassé du nouveau cirque; voulez-vous que, pour un soir, nous retournions à l'ancien, au cirque de 1786?

. . . .

Il s'appelle l'*Amphithéâtre anglais des sieurs Astley père et fils*, et se trouve à l'entrée du faubourg du Temple. Si cela vous plaît, nous monterons à pied les boulevards et, arrivés au rond-point de la porte du Temple, nous n'aurons guère plus qu'à tourner à gauche.

Philippe Astley, né, il y a une quarantaine d'années, dans un petit bourg du Stafford-

1

shire [1], est véritablement le fondateur du cirque. Moitié soldat et moitié écuyer, il a d'abord guerroyé contre nous, puis s'est borné, la paix étant venue, à mettre à cheval messieurs nos ennemis. Mais cela ne l'eût point conduit à la célébrité, s'il n'eût un jour imaginé de réunir dans un même spectacle trois attractions jus-qu'alors séparées : les chevaux, les acrobates et la pantomime [2]. De ce rapprochement est issu le premier cirque. Il fut ouvert à Islington, près de la taverne des *Three hats*, avec le con-

1. Philippe Astley naquit le 8 juillet 1742, à New-castle-under-Lyne, petite ville du Staffordshire. Après avoir été apprenti tourneur, il s'engagea dans le régi-ment de cavalerie légère du général Elliot, où il se fit remarquer dans l'art de l'équitation. Il fit dans ce régiment plusieurs campagnes en Allemagne et ne le quitta qu'après la paix, pour ouvrir à Londres un célè-bre manège. (V. *The memoirs of J. De Castro, come-dian, accompanied by an analysis of the life of the late Philip Astley, Esq., founder of the royal amphitheatre, Westminster Bridge, edited by R. Humphreys. Lon-don, Sherwood*, 1824, in-12, xx-280 p. — V. aussi E. de Manne, *le Cirque Franconi, Lyon, Perrin*, 1875, in-8°, 69 p.)

2. Non content d'avoir manié le sabre et la cham-brière, Philippe Astley mit encore la main à la plume et ne publia pas moins de quatre ouvrages : *Modern*

cours de trois fameux faiseurs de tours, Johnson, Price et le vieux Samson. Puis Astley quitta sa tente suburbaine pour aller s'installer au bout de Westminster Bridge, dans un amphithéâtre bien bâti, où il sut attirer tout Londres. Ce n'est qu'en 1782 qu'il a amené sa troupe à Paris. Plusieurs entrepreneurs de spectacles équestres l'y avaient déjà précédé, Hyam entre autres, *le héros anglais* du Colisée [1], et Balp, le mari de la belle Espagnole [2]. Leurs troupes n'approchaient pas toutefois de celle que Philippe Astley fit débuter, il y a

riding master (1775); *Description of the places now the theatre of war in the Low Countries* (1794); *Remarks on the Profession and Duty of a soldier* (1794), qui fournissent de très curieux renseignements sur les soins à donner aux chevaux en campagne; *Astley's system of Equestrian Education* (1802), avec un portrait de Philippe Astley à l'âge de soixante et un ans. (V. *Monthly Review*, xv, 110, xxxix, 441.)

1. V. Bachaumont, *Mémoires secrets*, vii, 231, et M. Campardon, *les Spectacles de la Foire*, i, 405.

2. V. *Journal de Paris*, 13 mai 1779. Nous aurions pu aussi mentionner l'anglais Jacob Bates, qui, en 1778, faisait ses exercices équestres aux Champs-Elysées. Son manège était établi « en deçà du Colisée, la première porte cochère le long du jardin. » Il existe un très curieux portrait de Bates par Nusbiegel (1766).

quatre ans, dans une salle provisoire. Il construisit, l'année dernière, sur le même emplacement, l'amphithéâtre où nous allons aujourd'hui. Il est resté depuis trois ans en Angleterre, et le spectacle qu'il donne actuellement, ayant tout l'attrait de la nouveauté, fait, depuis huit jours, courir la ville entièrc.

Qu'allons-nous voir ce soir? Je ne saurais le dire, mais nous voici à la porte du cirque; achetons un programme à l'un de ces crieurs :

AMPHITHÉATRE ANGLOIS
DES SIEURS ASTLEY PÈRE ET FILS

ORDRE DES EXERCICES
DU MARDI 25 AVRIL 1786.

Première division :

1º La Danse du menuet à douze chevaux.

2º Le Saut du ruban, par la demoiselle Price.

3º Enfant de trente-neuf mois, phénomène de la nature, qui touche du clavecin.

4º Dick Turpin, cheval libre, présenté par le sieur Astley père.

5º Le général Jocko, singe faisant la danse de corde.

Dans l'intervalle, la troupe des chiens savants, montrée par le sieur Saunders.

Deuxième division :

1° La Beauté maîtrisant l'Inconstance, par la demoiselle Saunders et le sieur Astley fils.

2° La Métamorphose du paysan, par le sieur Price.

3° Le Menuet de Devonshire, exécuté par le sieur Astley fils.

4° *Les Blanchisseuses angloises* ou *le Triomphe d'Arlequin*, pantomime par toute la troupe.

Lesdits exercices commenceront à quatre heures précises.

On prendra : aux premières places, 3 livres; aux secondes, 1 livre 16 sols; aux troisièmes, 1 livre 4 sols; et aux quatrièmes, 12 sols.

Demain mercredi, relâche au manège.

Jeudi, *le Tailleur anglois*, pantomime.

Nous irons sans doute aux premières places. Entrons; la singularité de la décoration de la salle est déjà, comme me le disait hier Mouflc d'Angerville[1], bien propre à piquer la curiosité.

1. V. *Mémoires secrets*, XXIII, 280.

Cette trentaine de candélabres garnis de lampes éclaire admirablement le manège. Le théâtre, qui se trouve entre les deux portes conduisant aux écuries, servira sans doute pour la pantomime. Regardez donc l'orchestre que l'on a perché là-haut dans une tribune.

Mais voici Philippe Astley en tête de sa compagnie. Il a été, vous le savez, le plus bel homme de l'Europe[1], et aujourd'hui encore, en dépit de son embonpoint, il a la tournure élégante et la démarche superbe. Quant à son fils John... nous en causerons tout à l'heure, car les douze chevaux ont fait leur tour de manège et sont déjà en rang pour danser le menuet. Comme, sur le motif si coquet d'Exaudet, ils avancent galamment la jambe et fléchissent, à la cadence, révérencieusement le genou[2]!

1. *Mémoires secrets*, XXI, 70.
2. « Les sieurs Astley ont mérité les applaudissements du public dans leurs exercices à cheval... Les danses du menuet à douze chevaux étaient d'une imagination heureuse. » (*Journal de Normandie*, 1er mars 1786.)

Cette blonde, qui n'est qu'à demi poudrée et qu'Astley conduit à ce gros alezan, est la demoiselle Évelina Price, fille de son vieux compagnon d'Islington. Elle est une de ces Anglaises séduisantes qui, selon les gazetiers[1], brillent chaque soir au cirque et y attirent les hommes; mais, si la charmante Évelina séduit, elle ne se laisse pas séduire et n'a point été éblouie par les monts d'or que, sur l'ordre d'un haut personnage, Mme Gourdan a fait briller à ses yeux. Dieu! le singulier cri et la drôle de figure! C'est Billy Saunders, le paillasse de la troupe. A Londres on appelle ces gens-là des *clowns*[2]. Billy déclare sa flamme à la jolie

---

1. « Deux Angloises brillent aussi et enchantent les hommes. » (*Mémoires secrets*, XXIV, 280.)

2. Les *clowns*, à l'apparition des cirques en France, furent d'abord appelés *paillasses,* nom traditionnel des bateleurs français. « Les sieurs Astley donneront aujourd'hui tous leurs exercices pour le profit de *Paillasse.* » (*Journal de Normandie,* 22 mars 1786.) Mais l'on en adopta bientôt l'appellation anglaise et l'on tenta même un instant de la faire entrer dans notre langue, en l'orthographiant à la française. « *Claune,* c'est le nom que l'on donne au héros de cette farce, fit tous les tours familiers à ses confrères. » (*Le Cirque Olympique,* par Mme B**, 1817, p. 56.)

demoiselle. La belle répond par un sourire in-
dulgent, prend l'assistance à témoin de sa
bonté et se remet à sauter ses rubans, pendant
que l'orchestre reprend sa ritournelle et le
gros alezan, son petit galop.

Mais, sur le théâtre, la toile se lève et l'enfant phénomène aborde son clavecin. L'en-
nuyeuse pièce et le piteux spectacle ! On dit
pourtant qu'à Versailles, il a, la semaine passée,
enchanté la cour au manège des petites écuries [1]. A-t-on jamais pu prendre ce misérable
avorton pour un nouveau Mozart ?

Voilà qui vaut mieux : c'est Philippe Astley
lui-même qui, magnifique et cérémonieux,
présente à l'assemblée son cheval Dick Turpin.
Ces exercices n'ont toutefois rien de bien éton-
nant, et l'on a vu mieux que cela à la foire
Saint-Ovide [2]. Dick Turpin sait pourtant re-
trouver sous le sable un mouchoir à fines
dentelles et tout à l'heure, aux applaudis-

1. V. *Mémoires secrets,* xxxii, 8.
2. V. sur les chevaux savants montrés précédemment
aux foires, M. Campardon, *les Spectacles de la Foire,* i,
201.

sements de la salle entière, « coëffera et dé-
coëffera une demoiselle[1] ». Il sort enfin, fiè-
rement dressé sur ses jambes de derrière,
et faisant bravement face à la chambrière
d'Astley.

Alors paraît, accrochée par sa patte velue à
la main potelée du directeur, une grimaçante
petite créature. C'est le général Jocko, qui bat
le sable de l'arène des larges pans de son habit
chamarré et fait osciller sur sa tête chafouine
un chapeau à long panache. Il exécute sa célè-
bre danse de corde qu'il fait vraiment avec la
dextérité d'un homme, et, après chaque trajet
d'un bout du câble à l'autre, il se repose gra-
vement sur l'ixe, clignant les yeux et jouant
des babines.

Allons donc faire un tour aux écuries, où
j'entrevois d'ici des croupes au poil luisant et
des queues bien troussées. Nous y verrons sans
doute le fameux cheval de chasse que le sieur
Astley comptait vendre à Rouen, où tous les

1. *Programme de l'Amphithéâtre d'Astley.* (Collection de l'auteur de ce travail.)

veneurs de la Haute-Normandie sont venus le voir à l'hôtel de Poitiers[1].

Mais, houop ! houop ! houop ! voici les chiens savants. Sept danois, *spotted dogs*, à la robe truitée, entrent tumultueusement en scène. L'un d'eux, au museau gris, a les pattes bien raides. Il ne s'en trémousse pas moins de son mieux, trop fier pour la retraite, trop aimé pour la réforme. Et Billy Saunders feint d'être satisfait, car les vieux clowns ont pour les vieux chiens de ces tromperies amicales. Clic ! tout cela s'assied sur des chaises cannelées ; clac ! tout cela exécute des exercices variés que nous avons déjà vus cent fois, mais qui nous amuseront toujours.

L'heure des grandes attractions est enfin arrivée. Le sieur Astley fils et la demoiselle Saunders se montrent aux regards charmés de l'assistance, *l'Inconstance* amenant *la Beauté*

1. « *A vendre*, un superbe cheval de chasse anglois. S'adresser à M. *Astley*, à l'Hôtel de Poitiers, sur le Boulevard de Cauchoise. » *(Journal de Normandie*, 28 mars 1786.)

par la main[1]. Moins inhumaine que la demoiselle Price, Polly Saunders ne rebute jamais
les gens de distinction. L'on prétend même que
M. le comte d'Artois, fatigué de prendre *du thé*
à la française, est allé chercher chez Polly *a
cup of good english tea* pour combattre sa per-
pétuelle indigestion de biscuit de Savoie[2].
Quant à John Astley, il serait cause, si nous en
croyons les chroniqueurs, que les femmes se
plaisent infiniment ici[3]. Le beau sexe lui recon-
naît, en effet, la plus aimable figure du monde, et
ses succès lui ont assurément donné le droit de
personnifier *l'Inconstance*. Mais *la Beauté* ne

1. V. au sujet de ce numéro légendaire, *la Beauté
maîtrisant l'Inconstance, le Cirque Franconi*, p. 51, et *le
Cirque Olympique* par Mme B**, p. 34.

2. Chacun se souvient de la fameuse plaisanterie de
l'Observateur anglais (t. II, 145) : « On a cru pendant
quelque temps que M. le comte d'Artois avait du goût
pour elle (la Du Thé); ce qui a donné lieu aux rieurs
de dire que Son Altesse Royale, ayant eu une indigestion de *biscuit de Savoie,* venait prendre *Du Thé* à
Paris. »

3. « Les femmes surtout s'y plaisaient infiniment. Le
père Astley est le plus superbe homme de l'Europe, et
son fils a des grâces et une vigueur capables d'enchanter
le beau sexe. » (*Mémoires secrets*, XXI, 70.)

l'entend point ainsi, et, au premier signe de perfidie, elle lui applique sur l'épaule un pied victorieux, le menaçant d'un javelot doré qu'elle ne laissera point aller, soyez-en sûr, pour ne pas déranger la disposition du groupe.

Tous dans la salle battent des mains à l'envi, car il y en a cette fois pour tous les yeux. Aussi remarque-t-on à peine, au milieu de ce brouhaha, un gros fermier anglais chaussé de bottes à revers et vêtu d'un habit bleu barbeau. C'est cependant Tom Price, l'un des plus habiles acrobates de Londres. Regardez comme, sur ses deux chevaux, il dépouille prestement son habit pour exhiber sa veste rouge de *british grenadier*[1] ! Cela force l'attention et provoque les *vivat*, car, depuis que l'on est en paix, l'on devient anglomane. Et vous allez voir encore bien d'autres choses sous l'uniforme du vieux Tom Price !

Mais vous allez les oublier bien vite pour un exercice merveilleux qui, à lui seul, suffirait à

1. Titre anglais : *The Droll metamorphose on two horses.*

faire chaque soir salle comble. John Astley va danser, sur des chevaux qui courent la poste, le célèbre menuet de Devonshire, composé à Londres, par le sieur Vestris, en l'honneur de la belle Georgina Cavendish. Le jeune écuyer, sur ses chevaux en pleine course, n'a ni moins de noblesse ni moins de légèreté que l'illustre *Diou* sur les planches de l'Opéra[1]. Nul ne redoute qu'il tombe, mais tous craignent qu'il

1. « Il exécute principalement le menuet de Devonshire, de la composition du sieur Vestris, pendant le séjour à Londres de ce grand chorégraphe en 1781 ; et l'on assure qu'il le fait avec autant de précision et de noblesse que le Danseur François sur la scène ; qu'il a infiniment plus d'aplomb. Le sieur Vestris a été curieux de le voir et n'a pu s'empêcher de convenir qu'il n'auroit jamais cru un pareil prodige, s'il ne l'avoit vu. » (*Mémoires secrets*, XXII, 29.) Le comédien De Castro, dans ses mémoires (p. 48), rapporte que le succès de John Astley dans le menuet de Devonshire ne fut pas moindre à la représentation donnée à Versailles devant la cour. Le roi lui fit remettre un médaillon d'or enrichi de diamants, et la reine voulut bien le désigner comme « *the english rose*, an allusion to that most accomplished of dancers, the original Vestris, who was then styled *the french rose*. » Voir la très curieuse gravure de W. Hincks, représentant *Young Astley, the equestrian Hero* (1789).

ne s'envole. « C'est Apollon, » murmure Adeline extasiée[1]. « C'est Hercule », déclare la Dugazon, qui ne parle point sans savoir[2].

Alors la pantomime commence, mêlée burlesque, et, entre les masques italiens et *les blanchisseuses anglaises*[3], ce ne sont que horions inattendus et tapes préméditées, sauts par les fenêtres et plongeons dans les cuves, chutes

---

1. C'est cette demoiselle Adeline, de la Comédie-Italienne, qui, le 12 avril 1786, excitait à Longchamps la curiosité générale par *la magnificence de son équipage, la richesse de ses harnais* et *la beauté de ses coursiers.* (*Mémoires secrets,* xxxi, 258.)

2. Une curieuse anecdote des *Mémoires secrets,* trop galante pour être transcrite, établit indiscutablement le droit de la Dugazon à tenir un pareil langage.

John Astley mourut à Paris le 19 octobre 1821, rue du Faubourg-du-Temple, non loin de son ancien amphithéâtre, dans l'appartement où son père, Philippe, était mort le 20 octobre 1814.

3. Les *Blanchisseuses anglaises* alternaient alors sur l'affiche du cirque avec le *Tailleur anglais.* Ce *Tailleur anglais* n'était autre que la fameuse scène de manège : *Rognolet* et *Passe-Carreau.* Elle a diverti, dans les cirques européens, plusieurs générations de spectateurs, intitulée en Angleterre : *The Tailor riding to Brentford* et en Allemagne : *Der reisende Schneider mit den bösen Pferd.* (Programme de la collection de l'auteur.)

pile et chocs face, coups de batte et coups de battoir. Et pendant ce temps Colombine, sans prendre garde à rien derrière elle, traverse lentement l'avant-scène sur ses pointes, souriante et sérieuse comme une poupée de tir.

La toile est tombée, et voilà que l'on sort. Les milords All'eye et All'ear[1], qui ne s'en vont que lorsqu'il n'y a plus à rien à voir ni à entendre, ont déjà quitté leurs sièges. Si vous m'en croyez, nous allons aller souper.

. . . .

Il y a aujourd'hui plus de cent ans de cela, et pourtant n'est-ce point encore à peu près la même chose? Mais qui s'étonnerait, au cirque, de voir tourner en cercle? Les vieux exercices qui ont réjoui notre enfance ont véritablement

1. L'on sait que ces *milords,* pour parler comme autrefois, n'étaient autres que Pidansat de Mairobert et ceux qui, après sa mort, continuèrent la publication de l'*Espion anglais.* Il y a toutefois un léger anachronisme à conduire ces messieurs au cirque le 25 avril 1786, le dernier volume de l'*Espion anglais* portant la date de 1784. Nous tenons à le signaler dans cette restitution, rigoureusement documentaire d'ailleurs, du cirque d'il y a cent ans.

le droit, comme des clowns favoris, de reparaître en criant : « *Here we are again !* » Et d'ailleurs ne fournissent-ils pas à coup sûr, pourvu qu'ils soient rajeunis par quelques frais visages, ce que l'on va chercher au cirque pendant une heure : amusement des yeux et calme de l'esprit !

Paris. — Maison Quantin, 7, rue Saint-Benoît.

www.ingramcontent.com/pod-product-compliance
Ingram Content Group UK Ltd.
Pitfield, Milton Keynes, MK11 3LW, UK
UKHW020915140726
13695UKWH00006B/2551